よく遊んだ

伊集院 淑
IJUIN Yoshi

文芸社

目次

今の子供達を見ていると、私は〝よく遊んできた〟なあ……と思われます。そして、そんな子供時代を持てて良かったなあ……とつくづく思われます。

自伝的になるかもしれませんが、生まれてから高校二年生までの私の育ち方を振り返ってみようと思います。

一、幼少時代

私は、鹿児島市草牟田町（今は草牟田一丁目になっていますが）で生まれました。

最初の記憶を思い出してみますと、それは、市内の荒田（その頃は、田んぼの中だった様ですが）に、母方のおじいさんとおばあさん（このおばあさんは実のおばあさんではありませんけれど）が住んでいらした家へ両親と私で、訪ねて行った時の事だったみたいです。狭い家でしたけれど、敷居がとても高かった事と、立派な弓矢が飾ってあった事が、強い印象に残っています。鹿児島での思い出はそれ位で、次は、父の仕事の関係上（判事補として）で、親子三人で（実は私には十歳年上の姉と四歳年上の兄がいたのですが、二人とも赤痢《せきり》で、姉は六歳で、兄は四歳で死んでいました）知覧《ちらん》という所へ移る事になりました。私が三歳の時だったみたいです。

移って行く時、汽車に乗って行ったような気がしています。その途中で〝おしっこ〟をしたくなり、がまん出来なくなったのに、車内は人が混んでおりトイレまで行けずに、踏み台へ下りてすませてしまった事を覚えています。以上は幼い頃のかすかな思い出であります。

知覧には、一年位しかいなかったのですが、だんだん知恵もついてきていろんな事が思い出されます。

ここでの思い出は、まず近くに川が流れており、父と二人で魚つりに行き、魚は小魚だったのですが、それを持ち帰り、父が七輪《しちりん》の上に四角いアミを載せ、その上に魚を載せ焙《あぶ》り食べていた事です。戦後の何も食料のない時代だったので、結構おいしい〝おかず〟になっていたみたいです。

家は裁判所と中の廊下で繋《つな》がっており割と広々としていました。家の方の縁側の前には又広々とした土地があり、父がそこを耕《たがや》して唐芋を作っていて、それを手伝っていたというか遊んでいたというか……をしておりました。運が良かったというか、戦後を鹿児島市に住んでいなかった事が幸いだったように思えます。お米が食べられたのかどうかは分かりませんが、まわりの方々は農業をしていらしたので、お米も少しは分けていただいたのではないか……と思えます。それから、その父の畑のまわりには草も茂《しげ》っており、その中に高さ一メートル位の数珠玉《じゅずだま》が取れる草も大きく育っており、その実が黒くなっているのを取り集め、穴が開いていたので糸でつなぎ首飾りを作って遊んだりしておりました。

思い出をもう少し綴《つづ》ってみようと思います。小学校で配付が行なわれた時、母に伴《ともな》われて行き大きな（直径三十七センチ位の）お鍋を買って帰った事（そのお鍋はその後二十年位使われて来ましたが）。

それから井戸は外にあり、きちんと瓦《かわら》屋根がついていましたが、ある雨の日、そこから空を見上げていたら雷がなりそのいなずまの線を見る事が出来た事。

それから、母が高さ三十センチ位の人形を作ってくれて、父が筆で眉毛《まゆげ》とか、目とか鼻とか口とか画いてくれて、うれしくてそれを大事にしていた事。

それから家には蓄音機《ちくおんき》があり（これは、死んだ姉が幼い頃買ってもらっていたものですが）私はその物体をとても恐れており、裁判所と家との間にも広い土地があり、そこを何台もの蓄音機が左側から右側へどんどん出てきては消えて行く……という夢を見てとても恐かった事。

それから、隣の地元の人の家へ遊びに行き、直径五十センチ位の大きな吊し鍋《つる》で唐芋飴（水飴状態）を作っていらっしゃるのを見ていたり、出来上がったのを舐《な》めさせていただいた事。

ここまでは、一人っ子時代だといえます。私より上の子達が次々と死んでしまったので、私は大事に育てられたのではないかと思えます。ですから、今の私には甘やかされた性格が残されている様です。

次は、大隅半島の大根占へ転居する事になるのですが、どの様にして移って行ったのかは覚えていません。家は六畳一間と、一坪位の部屋に台所、トイレ、お風呂、食卓を置ける小さな所になり、そこで三女が誕生しました。

そこでの思い出は、その家の近くに小さな小さな石ころで作られていた溝《みぞ》があり、そこで近くに住んでいた私と同年位の男の子に出合い、その溝《みぞ》（きれいな水が流れていた）でよく遊んでもらっていました。そこには蜆貝《しじみがい》がいてよく何個か持ち帰り、母に頼んで味噌汁に入れてもらったりしていました。

又、その家の近くで家を作る工事があり、大きな柱を何人かの人が綱《つな》で引いては戻すという事をしていらしたが、それをちょっとした外縁に座り見ていたら、私の一番近くに居らしたお兄さんが大きな屁をされて、目を見合わせて笑い合った事。十二時になったら昼食の時を知らせるサイレンが鳴ったりしていた事等を思い出します。しかし、そこにはあまり長くは住んでいませんでした。

今度は又裁判所と家がくっついている所へ移りました。二階建てになっており、一階に私達が住み二階の方は板敷の広い部屋があり、そこに机を並べ裁判が行なわれていたようです。又二階には検事さん御一家も住んでおられました。

そこでは、あまりいい思い出はありませんでした。

裁判所内で子供達何人かで一メートル位の高さがある窓の桟《さん》に乗り、そこから床へと飛び下りるという遊びをしていたら、片付けられていた机の上に十枚位のガラス板が積み上げてあって、私が飛び下りた時その層になっていたガラスで顔を剃り切ってしまい、その痛さに大声で泣き喚《わめ》いてしまい、近くにいらした裁判所員の方々に助けられた事。しかしその傷は相当深かったようで傷跡は五十歳位まで残っていました。

ここらで友達付き合いしていた子達は、良くない子達で、主な遊びは性的なものでした。年下だった私を草の上に寝かせ股を開き、穴の中に草をつめ込むというような事をし、痛いと云ったら、負《お》んぶしてあげるからと云って私を背負ったりしていました。その子達の影響でか性的な思いを強く持つようになり、同じ年の検事さんの子供さんとその子供さんの部屋の方で座ぶとんを敷き、パンツを脱いで寝て掛け物を被《かぶ》っていた所をその子のお母さんに見つかり……叱られ、何事もなくすんで良かったと、つくづく思います。

母の印象も薄《うす》いのですが、父は病気になっており、近くのお医者さんは腸炎だとか診断され、「ブドウトウ」（その頃は元気をつけるのには一番良いとされていた注射）を受けていました。そんな状態を引き摺《ず》りながら父は裁判官に成るための研修を受けるために半年位東京へ行ったのでした。冬に行ったので東京の寒さは骨身に凍《し》みた……と帰ってきてからよく話していました。病状はもっと悪くなっていました。父の留守中に二男が生まれました。母はこのお産の後で具合が悪くなり長く寝ている状態が続いていました。三女はすぐに下の子が生まれたためかなかなかしっかり者でした。まあここでは、子供達は放ったらかされていた様なものでした。

一度父に連れられ鹿児島へ帰った事がありました。大きな岸壁がなかったので小型の舟で大きな船へ乗り込んで行く様になっていたのですが、その艀《はしけ》から船へ移る時がとても恐かった事を覚えております。

それから、神社の鳥居を作り直すという事で、山の上から海へと古い大木を若い男の人々が走りながら駆け下りながら、引っ張って来られたのを私も見物に行った事がありました。まあ、大根占の思い出は、暗い感じでした。

それから、私は大根占小学校へ入学しました（幼稚園はなかったので行きませんでした）。私が写真を撮ってもらったのも、ここでの集合写真が初めてでした。

カバンは布製で、文房具もある文具店へ父といっしょに行き、買い揃えてもらいました。ここには小学一年一学期だけいて、成績は上、中、下で評価してあり、絵の所だけ上で、他はすべて中でした（食事は、ある裁判員さんのお母さんが作って下さっていました。私は煮魚が嫌いで、私の分だけ特別に焼《や》いてもらったりしていました）。

その他、直径九十センチの竹笊《ざる》に甘栗が一杯入れて干してあった事や、近くで豚を何匹か育てていらっしゃる所があり、とても臭かった事や、裁判員の人と雀を撃ちに連れて行ってもらった事等をも覚えています。

父は病気を煩《わずら》ったまま鹿屋へ転勤になりました。家が見つからなかったので、父は小さな釜と七輪とカツオぶし削りとを買い求め、いわゆる単身赴任して行きました。そして私達も鹿屋へ移る事になりました。しかし、貸家が見つからず、大きな（住む家も広い部屋がいくつかあり、又別に馬小屋みたいな二階付きの家があった）家に住む事になりました。

父の状態はますます悪くなっており、寝込んだ状態になっていました。鹿屋の裁判所には二人の裁判官が就く事になっていたらしく父は休んでいられたみたいです。病気は黄疸《おうだん》で死にかかっていました。しかし、良いお医者さんに恵まれ、毎日注射をうちに通って来て下さり、それから毎日蜆貝《しじみかい》の煮汁を飲むように云われ、そんな日々が半年位続いた後、父はだんだん回復へ向かって行きました。

一方母の方は、元気になっていたのですが、お嬢様《じょうさま》だったので、家を買うための銀行通いとか、家主さんへの支払いとかが初めてだったらしく苦しんだそうです。

私は鹿屋小学校へ転入しました。しかし、教科書が前の学校のものとは違っており、父が私の友達から教科書を借りて来たものを用紙に書き写してくれていた（絵も画き入れてくれた）事をも思い出します。

三女も幼稚園には行きませんでしたが、私に負けたくなかったらしく、私がクレヨンを買ってもらったら、少し本数の少ないクレヨンを買ってもらい、私の姉のものだったカバンに、そのクレヨンや鉛筆や本（小学館出版の〝幼稚園〟という月刊本）等を入れており、取り出しては勉強していました。三女は三年間もこの月刊本を買ってもらっていました。

話は変わりますが、私は早生まれのせいもあり、一番（クラスで）背が低くて痩《や》せていた様《よう》で、運動会等では、徒競走はビリだった様でした。すぐ見つかった様です。

それからある日町へ出て絵を画くというのがあり、私は町の家並みを画いていたらある先生が二年生みたいだね!!　と云って下さった事も思い出されます。

それから、鹿屋小では、大根占で一緒に遊んでいた人もいた（しかし、お父様は結核で亡くなられ、お母様も結核にかかっていらっしゃるとか……）が遠くからちらっと見ただけで話もしませんでした。

また、性的な快い気持ちを覚えていたからなのか、小さなボールで一人で遊んだり、大きなボールを腹這いになった下に置き、三女と二男を背に乗せながら遊んだりしていました。少しだけだったけれど……。

それから、ここでは二男が腸捻転《ちょうねんてん》を起こしてしまい、父を救って下さった先生の病院へ家族全員で行ってみましたが、先生はいらっしゃらなくて、他の病院へ連れて行く事になりました。そこで、浣腸《かんちょう》をして下さり、後はただ待つより他はありませんでした。夕食がいけなかったのなあ……と母がつぶやいたりしていました。明け方にその浣腸のおかげだったのかどうか分からなかったけれど、排便して腸の捻《ねじ》りが元に戻り一命を取り留めました。

他には、ともかく子供三人この広い広い家や屋敷をかけ回って遊んでいました。又、私はある時風邪をひき、母も外へ出掛けており一人ぼっちでふとんに寝ていたのですが、熱の苦しさに耐《た》えられなくて大声をあげて母を呼びさけんでいた事、知覧で飴《あめ》を作っていらした方にもらってきた板飴を割って食べていた事、又、正油缶に、きれいな模様が印刷された紙に包まれた飴を売りに、時々来ていらしたその叔父さんから飴を買ってもらい食べ、その紙も集めていたりしていた事、又、金魚売り屋さんから、金魚鉢と金魚を買ってもらっていましたが、三女は金魚を洗ってあげたりして死なせてしまったりした事もありました。

裁判所はすぐ近くにありました。しかし、ここに居たのも一年間で、次は川内の方へ転勤になりました。父は、りんご箱やタンスに藁敷《わらじき》を掛けてくるみ、又藁ひもで上手に荷作りをしていました。もちろん裁判所で働いていらした方々も手伝って下さったのですが……。父は物を捨てるのは嫌いだと云って、トラック二台分を運んでもらっていました。この時私と三女は、その為に生まれて初めて可愛い洋服をオーダーで作ってもらいました。二男は死んだ兄のものですましていたのかなあ……。

私は又転校生となり夏休みに川内へと移って行きました。住み家は町から程遠《ほど》い丘の上の山腹の地に造られた市民住宅に住む事になっていましたが、私達が川内に着いた時は、家はまだ出来上がっていない……という事で、五日位大工さん達の住まいの二階で過ごす事になりました。出来上がってから行ってみたら、それはそれは狭い家で、お風呂もありませんでした。それで荷物の半分位は裁判所の倉庫に預かってもらったのではなかろうか？　と思えました。

小学二年の秋から通うようになった学校は遠くて川内駅の近くにありました。先生は、おばあ様でした。まだ慣れなくて何もする事なく過ごしました。

お正月が近づいた頃、大平橋の元で陶器市が開かれていたので、父と私はお皿や小どんぶり、お刺身を入れるものとか……を買い込んだ事を覚えています。

お正月には、私は着物（姉からのお下がりもの）を着て（他の二人はどんなのを着ていたのか思い出せませんが）いました。父も母も着物を着ていました。

本塗の会席膳《かいせきぜん》に、母が作ってくれた料理をのせて、祝賀の式をしてから食べ、その後大急ぎで学校へ……（昔は、新年式が学校で行なわれていたので）。

三年生になった時、私もクラス内の人達とも慣れてきていろいろな事がありました。ある日かるた作りをする事になった時、私が絵がうまかったからか、五十枚の絵を私一人で画いてくるように皆に云われ、それは出来ないと父に話したら父はすぐ学校まで出かけて行ってくれて話をつけ（校長先生へ話したのかなあ）、そして皆が一枚か二枚ずつ画く事になりました。

それから私は音楽も好きだったのか、一年生の音楽の教科書と二、三年の音楽の教科書とを持ち歩き歌っていました。そしたら、父が木琴を買ってきてくれました。とてもうれしくそれを弾《ひ》き、また学校にも持って行きました。そしたら誰かがゴムを切り、壊《こわ》してしまった。そしたら、又父が学校へ行き、文句を云ってきてくれました。

十一月三日は運動会が行なわれました。寒くて、途中でトイレに行くのを忘れていたのか、閉会式の途中で〝おしっこ〟を立っていたその場ですませてしまいました。父が自転車で迎えに来てくれたので、その事を話しましたが叱られませんでした。

時がずれてしまいましたけれど、夏に母と兄弟三人とで隈《くま》の場《じょう》の密林みたいな所へ遊びに出かけました。神秘的で行って良かったけれど、帰り道が分からなくなって、雨も降り出してきて、やっと道が見つかったと思ったら数十メートルも高さがある所へ出てしまい……等で大変な思いをしました。

それから、母は干菓子を作ってくれると云って、少し遠くの粉挽《びき》屋さんの所へ母と私とで糯米《もちごめ》を持って行って粉にしてもらいました。それに砂糖と水を入れ捏ねて、干型に入れて（型は昔からあったものらしかった）型から外《はず》して乾《かわ》かして、おいしいお菓子が出来上がりました。

裁判所は大平橋を渡った所にあり、父は自転車で通勤していました。ある日、その裁判所の父の部屋へ連れて行ってもらった事がありました。火箱に炭が赤々と燃えていたので、冬だったんだろうなあと思えます。

学芸会が近づいていましたが、着物を持っている生徒だけを出場させる……ということで、私も参加しました。しかし、担任の先生は若くて体格も立派な方だったが厳しい先生で、早生まれで理解が難しかったのに、失敗したら耳を叩《たた》かれました。それで、私はその女の先生という人を大嫌いになりました。発表の日、母と妹と弟が見に来てくれたけれど、私は少しミスをしてしまいました。それを帰り道で母が指摘《してき》してきたので頭にきて、隣の人が間違えたのだと云ってしまいました。

又、時を戻りますが、確か夏の頃だったと思いますが、母方のお祖父さんと母の継母（母はこの人に、ずいぶん苛められたそうな……。それで、母は時々、実の母上の写真を見ていました。とても美しく、また女学校の先生をしていらした方だったとか……）の方が訪ねて来られて、行く所がない……と云い、しばらくお祖父さんを預かってくれとの事でした。髭《ひげ》を長く長く伸ばしていらして、ごはん粒をその髭《ひげ》に零《こぼ》していらして、それを拾うのも大へんだったみたい。このお祖父さんは、まだ、お若い頃たぶんまだ鹿児島市にも電気がなかった頃、加治木に電気会社を作られ、とても大金持ちになられ、数年後には、家も半地下室もある家で、お風呂も電気で沸かしていたとか……。しかし、ある人の保証人になってお金がなくなってしまったうえに、戦後のお金の価値が莫大《ばくだい》に変わり貯金もなくなり……。後は住む家さえなくなったらしいのです。跡取りがいなかった事も影《えい》響《きょう》しておりますが……。

それで、母は引き取りたかったらしいのですが……父がそれを許さず、母は死んでしまいたい等と云い、泣いていました。しばらくしてから、継母の方が家が見つかったといい、連れに来られました。村のバスで加治木の方へ帰って行かれました（その頃のバスは石炭で走っていました。又、馬車も走っていた時代でした）。

父もこの頃は弟を可愛がっており、水を使った〝おもちゃ〟（水を上から流し入れると、下にくっついている人形が太鼓《たいこ》を叩くという様なものでした）を買ってきてくれていました。又、三輪車を買ってきてくれていました。私達も乗りたくて、無理な姿勢《しせい》で乗らせてもらっていました。

ある晩、家に泥棒が入り、父が酔っ払って帰り、給料袋を洋服のポケットに入れたまま寝ていたようで、それを盗《ぬす》まれました。また宝石箱も盗まれましたが、それには蓄音機の部品だけが入っていたので、それは近くの溝《みぞ》に捨ててあったので手元に戻ってきたが、お金の方は、もう犯人も分かっていたのに、警察の人と内通していたらしく、取り戻せませんでした。貯金があったのか、生活は変わりませんでした。

お風呂は、小学校の近くの銭湯《せんとう》まで行っていました。ある日午前中に家族で行き、いい気持ちで帰ろうとして外へ出てみたら、ルース台風に真《ま》っ向《こう》から降りつけられ、そんな中を妹は父に、弟は母に負ぶされ私は一人で歩いて帰りました。びしょぬれになりながらやっと帰りつきました。こんな事があったからか、家に風呂場を増築する事になり、ついでに物置場も広いものに付け加わりました。子供達の風呂入れは、全て父がしていました。ある日（一回だけだったが）父はエッチなものを見せ、ここもきれいにしなきゃね……と云っていました。

又、ねずみがいたので、ねずみ取り籠《かご》を用意し、その餌《えさ》も父が作っていました（おにぎりを作り、それを火で焼いたもの）。ねずみが取れていたら、その籠《かご》ごと水に浸けてねずみを窒息《ちっそく》死させていました。これも父がやっていました。

鉛筆を削るのも、爪を切るのも、髪を切るのも全て父がやっていました。

その市営住宅にはいろいろな職業の人々が入っていらして、ある日、警察に勤《つと》めていらした方から近くの友達と私達三人の写真を写してもらいました。三女などはポカンと口を開けて、二男はよそ見をして写っていました。

家々が建っているその奥の方には、まだ密林みたいになっている所があり、水も溢《あふ》れ流れていて、あまり奥には恐くて行けませんでした。しかし、結構、子供達にとっては楽しい遊び場所でした。

私達の家の裏側にはずっと下の方に川が流れており、カニ等を捕《つか》まえに行ったりして遊んでいました。又、家の土地から下は崖《がけ》状になっており、父がそこをだんだん畑にして野菜類を育てていました。便所の物などを上から下へ流して、上等な野菜類が育っていました。グリンピースや桜草なども（土地の方で）植えてありました。また転勤に決まった時、グリンピース等はまだ、大きくなっていなかったものも、ちぎって持って行きました。

又、もとへ戻《もど》りますが、七夕の時は、紙を買ってきていろんなものを作っていました。母は着物を作ってくれました。父は〝こより〟を作るのが上手でした。それで、序《つい》でに父は〝こより〟で犬などを作ってくれていました。それをある厚い紙の上にのせ、とんとんとけんかをさせていたりしました。又、前畑選手の水泳での優勝も、七夕飾りを作りながら聞いたものでした。

雪もよく降っていたので、母が菜っ葉の上に積もっているきれいな雪で〝雪うさぎ〟を作りおぼんの上に載《の》せてくれました。南天《なんてん》の実で目を作り……。

私が学校へ行っている時は、三女が弟の面倒を見ていた様で、しかし弟は三女をよく泣かせていたらしい……。

その他、父が酔って帰り途中の田んぼの中へひっくり返ってしまった事。近くの子供達と遊んでいた時、女の子はお母さん役をやりたがったが、私はお母さんになりたくありませんでした。

また、はだしで学校へ通ってくる子が少なくなかったので、私もはだしで登校してみたくなり、ある雨の日〝ばんばら傘〟をさし、はだしで行き来してみました。とても気持ちが良かったです。

五月に今度は県で一番レベルが低いと云われていた曽於《そお》郡の岩川へ転勤、転校する事になりました。

二、岩川時代

転勤になって、母は着物を新調していました。おうどいろに金色の線があるようなすてきな柄でした。

ディーゼルカーに乗って、川内から鹿児島へ出て、鹿児島から都城へ、都城から岩川へ。

岩川駅へ着いてから、家へ。着いた家は裁判所が買い取っていました（？）古い古い家で、前に住んでいらっしゃった判事さん（アルコールの飲み過ぎで退職させられた方）の子供さん方があちこちにいたずら書きをして汚なかったし、井戸の近くには、前の八百屋さんの便所があり、とてもそのままじゃ飲む気になれず、一度沸かした湯冷《ゆざ》ましを使っていました。

それから食事をする所は台所と連なっており、とても寒かったです。それで境目《さかいめ》に障子を付けてもらって一段落。しかし、もう一つ大変な事が残っていた。押し入れに虱《しらみ》が一杯いて、生まれて始めてそれに刺された痛みを知らされました。それを退治するために害虫剤を振り掛けたり、畳を干して、打ち払い、床には新聞紙を敷き、それから又害虫剤をまき、その上に日光をあびてきれいになった畳を敷き、やっとどうにか安心して住める家になりました。わりと広かったです。

父に連れられて岩川小学校へ。担任は男の先生だったので良かったです。初めは方言が分からず苦労しました。しかし、友達も出来ました。転校生ということで苛められもしたけれど……。学校からの帰り道では、私は他の人達の後について帰りました。道幅は狭く、トラック等も走っていたので……。あまり四年生時代の思い出はありません。

ある日、帰ろうとしていたら、校門の所である若い男の人が学生服姿で立っていらしたので、少々おしゃべり……。五年生になってみたら何とその方が担任だった。すごーく教育熱心な先生でいろいろと大変お世話になりました。

私は引っ込み思案な者だったのですが、その先生が私とあるもう一人の男の子とを書記にさせて下さったり、グループ分けをしてある大きな紙に地図を作ったりした時、あるグループのリーダーにさせて下さったりしていました（この地図は先生の意図《いと》にはそうことができませんでしたけれど）。

絵が専門の先生だったらしく、いつも汚れた白衣を着ていらっしゃいました。しかし、よく理科の実験をいろいろさせて下さいました。

三女が入学した時、友達の一人が三女と同級の子の事を心配して、一年生の校舎の方へ行っていたので、私もいっしょに様子を見に行ったりしていました。

三女は七草の時盛大なお祝いをしてもらいました。着物を作ってもらい、他の家々を回り七草粥《がゆ》をもらいに回ったり、役所の方々七、八人呼んでお祝いの宴を開いてもらったり、写真館へ写真を写してもらいに行ったり（この時は、家族皆で着物を着て—弟は洋服だったが—家族全員でとか私と弟でとかの写真も写してもらいました）。

三女は、カバンも豚革製で（私のは布製だったが）机も鹿児島市のデパートから取り寄せたものでした（私の机は父のお下がりだったが）。

近くに製材所があり、父はそこで破棄された木材を荷車で運んできていろいろな物を作っていました。二男の机はそうして出来たものでした。本棚までついてとても良い物でした。他には、私の電気スタンドだったり、特に思い出されるのは、三段重ねの蒸籠《せいろ》でした。とても上手でした。

二男の七草は洋服を新しく作ってもらっただけでした。どうしてそうなったかは分からなかったけれど、写真も父がいやいやながら写真屋さんへ連れて行き、二男は泣きべそをかきながら写してきていました。

父はよくいろいろな作物や花々を作っていました。庭が小さかったので、少し坂道を歩いて登った所に裁判所があったので、そこの土地を借りて、〝とうもろこし〟とか〝唐芋〟とか作っていました。父は、とうもろこしが大好きで、特に火で焼いたものが好きで、お風呂を沸かした後の残り火で、よく焼いてはかじっていました。

庭は狭かったがトマト（ある日、お盆で鹿児島市に行っていて、そこから帰ってきてみたら、ある大きなトマトを鶏が来て半分位食べていた……こともありました）や茄子《なすび》を作っていました。花もいろいろ作っていました。玄関の所には、黄色いカンナが植えてあり、私はそれを良く写生していました。

それから玄関の前に竹で棚を作り、朝顔や夕顔、そしてある年には瓢箪《ひょうたん》を作ったりしていました。私はよく朝顔を押し花にしていました。ある時それを夏休みの宿題にと持って行ったら、先生がそれを大事にして下さり後で返していただいたので、今もそれを持っています。瓢箪《ひょうたん》の方は、乾かし、何個も本当の瓢箪を作り、水を入れたりしていました。

私の両親は二人とも〝勉強をしろ〟とは一回も言ってくれませんでした。二男は小学生の頃母に計算問題等を作ってもらったりして、喜んで解いていましたが……。ただ、たぶん私の中学への入学式に父と向かって歩いていた時だったと思われますが、ただ一言（一回きり）〝お前は大学へ行くんだぞ〟と云ってくれました。大学ってどんな所なのかは何も知らなかったのに。ただ、五年生、六年生の時、優等生に選ばれていたからかなあ……と思われます。

話は、あちこちで、順が前後しますが。

部落会（ある地区の小、中学生の集まり）というものがあり、皆でよく道路を掃いていました。それから夏休みでのラジオ体操会では、出欠は私が記録係をしていました。又、川の土手に沢山のゴミが山積みされていたので、協力し合って、大変な仕事だったけれどそれらを川の中へ投げ捨てる事をやった事も思い出します。

私は四女が生まれてくる事が嫌でした。三女や二男のお守りをさせられていた事を思い出しましたからでしょうか。私達は、男性は遅生まれ、女性は早生まれとなっている状態だったので、四女は三月を過ぎても生まれてこなかったので、父と私は、生まれてくる子は男の子だ!! と決めて、毛布や赤ん坊の服とかがすべて男の子用のものを揃えました（母は黙ってうす笑いをしていたが反対はしませんでした）。四月十四日午後十一時に四女が生まれてきました。母が産気《さんけ》付いてきた時父と私は走って産婆《さんば》さんを迎えに行きました。襖《ふすま》の隙間から皆で覗いていたら、新聞紙に包《くる》まれていた四女の臍《へそ》がペニスに見えて、やはり男の子だったと喜び合いました。しかし生まれてきた子は女の子でした。しかし四女は仕方なく男の子の服を着せられ、男の子の毛布へ寝かされる事になりました。髪がふさふさしたとても可愛い子だったので私は喜んで世話をしました。父はもっともっと喜んでいました。父はもう五十歳になっていましたけれど……。父はカメラを警察の人から安くて譲《ゆず》り受けて、四女の写真を何枚も何枚も……と写し続け、特別に四女用のアルバムを作っていました。私は私で可愛《かわい》い洋服を母も首を傾《かし》げる位、いろいろと買ってきては着せていました。

都会と云えば、宮崎県の都城しかなかったので、良い買いものはそこへ出かけてすましていました。また、それから広い公園も岩川にはなかったので、公園も都城へ出かけていました。母はいつも留守番の方に回っていましたけれど……。

お正月が近づくと大変でした。洋服や下着、遊び道具（大きなマリ等）等を大丸百貨店等へ買いに行き持ち帰っていました。お正月には、大晦日の夜にはふとんを敷いてその頭の横に、新しい服、下着類……と置いて休んでいたものでした。

ここでも勉強そっちのけでよく遊びました。夏休みには次の様な遊びもしていました。一つは、就寝用のゴザをあちこちに敷き、一枚ずつを一軒《けん》一軒に見立て、隣の家を訪ねて行ったり、料理をする〝ままごと〟をし合ったり……それが又とても楽しかったです。他には、ひもを輪にして汽車ごっこをしたり、外縁に腰掛けてぶどうの皮を前の家の壁にはき飛ばして、誰が皮を遠くまで飛ばせられるかを競ったり……を兄弟でしていました。

ある日、私の友達（二人位だったかなあ?）が私の家に遊びに来ていて、女の子達だけで〝おはじき遊び〟をしていたら、仲間に入れてもらえなかったからか、弟が十個位のおはじきを取り上げ外へと走り逃げて行きました。幅広い道路まで走って行って、自転車に乗っていた人とぶつかり、足を骨折してしまい、都城の病院まで行き、ギブスをしてもらい不自由な毎日を送らねばならなくなりました。写真も写してもらえず、一枚だけやっと写してもらえた時のあのうれしそうな笑顔をしていた事が思い出されます。

弟は、時々は、老いた父とよく相撲をとったり、キャッチボール等をしていました。それから兄弟が女三人、男一人になってしまったからか、弟はスカートを穿きたい等と云っていました。

私はお菓子を食べるのが嫌いで、三女や二男、四女等はよくいろんなものを食べていましたが、私はグリコキャラメルや唐芋飴だけは何とか食べていましたが、他のものは受けつけませんでした。アイスキャンデーのおじさんが自転車に乗って売っていらしましたが、私も食べたかったですが、父は誰にも許してくれませんでした。姉や兄のような事になるのでは……、と心配したからだったみたいと思えます。

グリコキャラメルには箱の上の小箱におまけが付いていて、それを集めるのがとても好きで、宝石箱に一杯になる程になっていました。そんな経験をしていたからか年を取っても、そんな小物を集める様になっていました。又、旅行に行った時でもそんな小物を買う様になっていました。兄弟でも旅のおみやげは、そんな小物を買ってき合う……という様になっていました。

話は変わりますが、私はピアノの音がとても好きで……紙鍵盤《かみけんばん》の上で練習をしていました。

それを見ていたからか、父がオルガン（その頃はオルガンさえどこの家にもありませんでしたが、今ではピアノがどこの家にもあるというような時代になりましたけれど）を買ってくれるという事になり、鹿児島市まで行って買い求めてもらいました。それからは、どんどん練習してバイエルの後半まで小学生の内から弾けるようになりました。中学校ではソナチネと練習曲集とを弾いていました。ピアノは五歳位から始めるのがいいと聞いていたので、四女には早くから覚えさせようとしましたが、嫌がって結局は大人になっても弾こうとしませんでした。三女はまあまあ弾けるようになりましたけれど……。

それから、師走になるともちつきも、二、三人の役所の人に手伝ってもらいながら家でついていました。夜はその人達と私達とで〝すきやき会〟をしていました。昔はお正月には門松を両横に立て、しめなわを張り……としていました（五十年位昔の事になるような……ですが松を飾られると松がなくなるから……と門松作りは禁じられてしまいましたが）。

私は、服も下着も既製《きせい》品は嫌いで、大部分母に作ってもらっていました（妹達も）。それでミシンが必要だったけれど、母が持っていたものはどこかを傷《きず》付《つ》けると全て解《ほど》けてしまうというものだったので、父と私とで足踏ミシンを買いに行きました（これは岩川で求められた）。それからはパンツやシュミーズまでも縫ってもらっていました。洋服も着物（不断着《ふだんぎ》）も。

それから私は背丈十センチ位の人形の服を作るのが好きで何着も作ってあげました。（妹達へ）セーラー服を作るのは少し難しかったです。ある日、週番長になって講堂の演壇に立ち、全校生が入って来るのを待ちました。それから今週の目標等を話し……、そこまでは良かったのですが、忘れ物（弁当箱）があったので、もし心当たりの人が〝居なかったら〟取りに来て下さいと云ってしまい……皆が大笑いし、同じ服を着ていた三女を見返った人が少なくなかったようで、帰ってから三女は私にぶつぶつ云っていました。

それから、ちょっとした事ですが私は弟に負けたくなかったらしく、いつからか男言葉を使うようになっていました。そして、弟が男の力が出始めた頃まで私は弟をなぐっていたようです。

それからまた川の話に戻りますが、その川が底をきれいに作り変えられた頃もよく遊びに出かけていた。三女は、捕まえた小魚を可哀そうに捌《さば》いていました。三女は家事をするのが好きだったらしく、〝かまど〟でごはんを炊くのに挑戦し、火を付けるのがうまくいかなかったらしく、何回か種火用の小枝を取りに家の裏へ行ったり来たりしていました（朝、誰よりも早く起きて……）。川の話に戻りますが、作り変えられてからは水深《すいしん》が深くなっていて、溺《おぼ》れそうにもなりました。川といえば暮れに父と子供達とで障子を洗いに行ったりしていました。古い紙を剝がして新しい紙を張るために……。

また、一面は田んぼで春は蓮華《れんげ》草で埋《うま》り、それを摘んでは編んで冠《かんむり》等を作っていました。春から先はめだかが泳ぐのを見ていたり、蛙の卵を見たりしていました。

自転車乗りを覚えたくなり、背は低いのに父の二十八インチの男用の自転車に乗る練習をし、乗れるようになったら、荷台に妹や弟を乗せるようになっていました。ある日、三女を乗せて道路を進んでいた時、どこかの男の子達が数名で自転車に乗って向こうから来たのにぶつかり、私は左足の太腿《もも》に大怪我《けが》をしてしまいました。今でもその傷痕が残っています。

後《のち》には、父が新しい女用《おんなよう》の自転車を買ってくれましたけれど……。話がころころと変わりますけれど。生徒の中には、馬を使い農作業の出来る子もいました。偉いなあ……とつくづく思わされました。

小学校の課題で年賀状を書く時間があり、私は誰に出せば良いのか分からず両親に相談した後、父の従兄《いとこ》の子供さんへ出せばいいのではと云われ、住所を教えてもらいその人に出しました。返事ももらえました。それから後も何回か年賀状のやり取りをしていました。

岩川は盆地だったので魚や肉類が手に入りにくかったのです。それで、魚の方は志布志からアルミ製の容器の中に魚を入れて通って来て下さったので、食事の大部分はその魚達でした。時には下拵《ごしらえ》もして下さっていましたが、母が自分でもさばいたりしていましたが、私はそれが嫌いで、そんな事はしたくないと思い続けていました。今もあんまり魚さばきはしていません。時々、肉類もそれを売っていた所もあったので、食べました。少し遠い所にあったので買いに行かねばなりませんでした。三女はよくそのお使いを頼まれていました。友達と遊んでいる時にも頼まれたりしました……と大人になってからもぶつぶつ話していました。

母は皆が寝静まった後も一人起きていて繕い物等をしていました。森繁久弥のラジオ番組を聴きながら……。

母も意外とスポーツが好きだったのか（自分では何もしていなかったけれど）、高校野球放送を聴きながら〝らっきょう〟の皮むきや、頭やしっぽ切りをしていました（井戸端で）。

父は割《わり》とスポーツが得意だったらしく、裁判所の広場で軟式テニスをやっていました。また岩川での弓の愛好者達でよくけいこをし合っていました。時々弦《げん》で腕《うで》を赤く腫らしていました。ある時、金的を当てる事が出来たということでその直径10センチ位の的を大事にしていました（死んだ時、それもおかんの中へ入れてあげました）。

昔は、母がふとん作りもしていたし、着物を洗うために一度布に戻し、それを庭に広げ竹のはり何本かで横伸ばしもしていました。

岩川では牛や馬の市が開かれていました。ある時、弟は馬の種付けを見たと感動的に話していました。

本当にばらばらな事を綴っていますが……。

地方の子供達の為にという考え方からか、県音楽会というのが毎年行なわれていました。主に合唱コンクールでした。私も出場しました。小学校の時にはとてもすてきな女の先生が指揮をして下さいました。入賞は出来なかったけれど。鹿児島市に一晩泊まりで行っていました。

五、六年生の時の担任の先生は、よく実験をさせて下さいました。〃かたくり粉作り〃とか……。

五年生の時だったと思われますが、志布志の方の海水浴場へ泊まりがけで行った事もありました。希望者だけだったのですがとてもとても楽しかったです。先生が浜辺の岩場でハーモニカを吹いて下さいました。とてもお上手でした。

先生は有明の方の方で、宮崎大学の二年課程を出ていらしたけれどとても立派な先生でした。四、五、六年とクラス換えはなくそのまま持ち上がりでした。五、六年では、続けてその先生が担任をして下さいました。しかし勉強そっちのけでよく遊びました。休み時間のベルが鳴るや、それーっと云わんばかりに、鉄棒や遊動円木やシーソー等のある所へ走って行き、鉄棒の上を歩いたり、遊動円木では丸太の上に立って揺すっていましたし、シーソーではぶら下がるのではなく腰掛けて上がったり下がったりしていました。体育の時間に〝たけ登り〟があった時も一番でした。雨の日は仕方なかったので、教室の後へ行き、おはじきを手の甲に何個のせられるかを競ったり、お手玉をしたり、幅一センチ、長さ十センチ位の竹の遊び道具を用いて手の甲に乗せ、それを裏返しに置き、何本線の色の方が多いかを競い合ったり、ビー玉の当てっこをしたり、時には男の子の様にかるた遊びや駒回し等もやっていました。

思い出されるのは、愛鳥週間の絵を画いてくるようにとの宿題があったのですが、私が鳥の下絵を画いている所へ父がやって来て、毛を何十本もと画いてくれて、それを学校へ持って行ったらその事がばれて入賞できませんでしたが、壁の脇に張って下さいました。

昔は正月祝いを学校で行ない、父達もお酒を飲み合ったりしていました。あるお正月で父はある男の先生と飲み合ったらしくその先生を家へも連れてきて、またお酒を飲み続けていました。その先生は、〝かずの子〟がお好きだったらしく、何回も何回もそれだけを食べていらしたのを覚えています。

お正月と云えば、暮れは忙しかったです。父は鶏《にわとり》を殺し、焼きながら毛を抜いていき、その後井戸端へ行き捌《さば》いていました。それから門松作り、神棚の掃除、障子紙張り、大掃除（竹を切ってきてそれで天井や上の桟等の埃《ほこり》取り……）等。母はその鶏の煮つけ、昆布巻き、酢の物、かずのこの味つけ……等を十二時位まで調理し、それからパーマ屋さんへ私と共に行き髪をチリチリ頭にしてもらい……と母も忙しかったです。

正月が明けると新しい下着に着せ替えさせられ、新しい服を着て、おいしい食事をし、その後学校へ行き新年会に参加し、帰ってからは羽子板遊びをしたり、凧上げをしたり、ボール遊びをしたりして遊んでいました。

岩川は寒い所だったので、皆、綿入れ羽織りをオーダーで作ってもらって着ていました。お年玉等は鹿児島県では行なわれていなかったのでお金の事でもめたりすること等はなかった時代でした。寒かったと云えば、冬は毎日五センチ位の霜柱が立っていました。それで小学生時代は学校へもズボンをはいて通っていました（家では、ネルの着物を着ていました）。

岩川の小学校の運動会は、大人達まで参加の大規模なものでした（他に催し物があまりなかったからか？）。始まる前はゴザで場所取りに早く来て、終わりは五時位になり、その後子供達は後始末（ミカンや、りんご、かきの皮等の片付け）などに追われて……というようなものでした。徒競走では私も五番位に入れるようになっていたかな？　しかし運動会の日は、徒競走が終わるまでは、胸がドキドキして楽しむどころではなかったような。

父は何故なのか（中学校―旧制の―を出ていなかったからか？）、転勤先を希望せずどこでもいいです……という調子だったので私は六年間も、この田舎町で過ごす事になりました。しかし、よく出張がありました（研修会だったようですが）。（九州内だったけれど）いつもその度に、子供達が喜ぶようなお土産を買ってきてくれました。母上へのお土産は、東京へ行った時のショールだけで、長い間、母はそれを大事に使っていました。

母は、よく〝ふくれ菓子〟を作ってくれました。それから、ある日、カレーを作ってあげると云って、小麦粉を油で炒め、その中にカレー粉を入れてさらに炒めて……というものでした（現代みたいに、ルー等なかったので）。めずらしい料理だったので喜んで食べました。

私達の子供時代は、家へ帰ってもよく遊んでいました。カンけりをしたり、鬼ごっこをしたり、縄跳びをしたり、円を何個か地面に画き、そこへ、瓦の欠けた石を投げ、ピョンピョンとその石の所まで行き、又投げて……というようにして最後まで行き、又引き帰ってくるのとか……。

私達兄弟は流行歌を知りませんでした。父がＮＨＫしか聞かせてくれませんでしたし、学校でも流行歌は歌わないようになっていましたし……。ただ〝赤胴鈴之助〟の歌は他の家からよく聞こえてきていたので少し覚えています。

家には本類がほとんどなかったので本は読みませんでした（残念な事ですが…）。ただ夏目漱石《そうせき》の〝坊っちゃん〟の単行本があったので（古かったけれど）それは小学校時代に読みました。少女雑誌の方は買ってもらっていたので、よく手塚治虫のマンガを読みふけりました。テストが明日という日も隠れて読んだりしていたこともありました。それから、付録だったのかどうか分かりませんが、信長や、秀吉や、家康などのマンガも喜んで読んでいました。信長が大好きでした。日本武尊《やまとたけるのみこと》のマンガも見ていました。

蓄音機はまだ使えたので、少し離れた所にある電機屋さんへ、父と子供達と行き、三人それぞれ好みのレコードを選んで買ってもらいました。私のは少々難しいものだったが、三女は安田祥子のものとか買ってもらっていた。私もブロマイドを何枚か集めていました。松島トモ子が大好きでした。その中には巨人軍の川上選手のものとかも持っていました。

私の友達の一人が石原裕次郎が好きだと云って、私の家の近くのお店屋さんの所に立て掛けてあった看板に張ってあったのをいつも貰いに来ていました

（ジャックナイフが出てきた……等）。

私は映画館へ行くのが嫌いでした。館内は酸素不足でいつも頭痛がしていたので……。ただ時代劇は好きでした。〝一念〟というのがとても気にいっていました。それから〝灯台守り〟は学校から集団で連れて行ってもらったものでしたが、感動しました。

この頃は、小学校の裏側の方に保育園というようなものが出来ていて、二男もそこへ通うようになっていました。ある時、誰かと相撲を取っていて、肩の骨を折ってしまいました（骨折二度目。骨が弱いのかなあ）。

高校へは他の町から汽車で通って来る人が多かったらしく、私達の家の近くは、駅から高校への通り道になっていて、汽車から下りた男女の学生さん達が道路狭しと、ドーッと歩いて行かれるのを驚異の目で見ていたものでした。

話がばらばらですが続けます。小学校の学芸会での出演者は一年生から六年生まで、同じメンバーでした。三女は一年生時、〝私も入りたいです〟と担任の先生に話して一年生から出させてもらっていました。私は六年生の時担任の先生がその方針を破り、〝出たい種目を選びなさい〟と云って下さり、私はダンスを選びました。抽なしのまっ白な服（母に作ってもらった）の裾《すそ》に銀のテープを二本張り付けたものを着て踊りました。題は〝銀波〟だったと思います。今回はミスしませんでした。

小学校の近くに神社があり、昼食後の休み時間などでは、そこに遊びに出掛けて、かくれんぼをしたり、〝しいの実〟を拾い集めたりしていました（しいの実は家へ持ち帰り炒ってもらって食べていました。とてもおいしかったです）。それから、この神社には八五郎さんが奉ってあって、十一月の三日に大きな八五郎さんを組み立てて町へ繰り出して行っていました。もうこの頃は他の県の人々も知っている位有名になっていました。また、夏には、やはりこの神社を始点とするお祭りがあり、出店《でみせ》等も出て狭い道路が人で埋《うま》っていました。それから、八五郎さんの祭りでは、この町の人々は他の人々が出来ない〝あま酒〟を作っていらしてとてもおいしかったです。

そう云えば、私の家でもお味噌を何回か作ったことがありました。その味噌の中に、こぶ巻きや人参、ごぼう等を突っ込んで、……それが又、とてもおいしかったです。

給食は、野菜のごった煮（各生徒が家から何らかの野菜を持ちより─私達は家の後ろの土地に大きく育っていた〝といもがら〟を一本ずつ持って行っていました─）と脱脂粉乳でした（この牛乳は変な臭いがして、飲めませんでした）。それで、ごはんを家から持って行っていました。

また、虱《しらみ》取り用の粉を頭にかぶらせられたり……を学校でしていました。それから五年生の時生理の話もされ、一式買わされたが、私がそれを必要としたのは、もっともっと先の時でした。

小学校の修学旅行では、小さなバッグを持って行きました。他の子達は、あっちこっちの方々から餞別《せんべつ》をもらい、そのお返しのお土産を買わねばならなかったようで、大きなバッグを持って来ていましたし、お金も一杯持ってきていました。城山、測候所、桜島……等へ行きましたが、城山では説明して下さったおじさんの事、測候所ではその建物、桜島では岩石の海等が記憶に残っています。桜島ではビワを売っていて、私も少し余分に持っていたお金を出してそれを買い求めました。

小学生最後の頃、二人の友達と三人組を作り、ずーっと仲良くしようねということになり、中山公園（ちょっとした丘）へ行き、三人一緒の記念写真を父に写してもらったり、将来への夢などを話し合いました。私ともう一人の人は上野の音楽学校へ行こうと話し、もう一人は柔道の道へ進みたいと話していました。

中学生になって……。いつでも担任は男の先生だったので良かったです。ここで覚えているのは、運動会の準備としてあるクラスの男の子達が組み立て体操の練習をしていました。私は授業中だったのに、それをじーっと見ていたら先生に叱られて恥をかかされた事。それから私は、リーダーシップを取れるような性格ではなかったので、田舎の隅から来ていた、成績も良くなかった人と仲良くしていました。この人も卒業した時は〝金の卵〟の一人として集団就職して行きました。

それから、遊びはゴム輪をつないで両端を二人で持ち、だんだん高くしていくのを右足で引っ掛けて、左足で跳んでくるというのをしていました。他に遊び道具はなかったし……。これを恥ずかし気もなく三年生になっても続けていました。数学の時間は、牛の世話をしているような先生がいらして、計算みたいなものばかり考えさせられ、しかも終わった順に外へ出て行ってもいいという事で、私はさっさと解いて、一人で外へ出てボーッとしていたものでした。今思えば、もったいない時間の使い方でした。

二年生になったら、厳しい体育の先生（地方の子は体力がついていないという事情が分かっていらしたからか分からなかったけれど）が転勤していらして、朝は、跣《はだし》で運動場を走り回らされ（冬も同じだったので、霜腫れで悩まされていた私としては泣きたい位つらかったけれど、足は霜腫れにはならなかったので良かったけれど……）、その後、体操を徹底的《てってい》にきちんと叩き込まれました。そのお陰《かげ》でか私も元気になれた気がします。今も、大部分の人はラジオ体操もきちんとやっていないなあと思わされます。

絵の先生も厳しい先生がいらして、塗《ぬ》る以前の絵の基本まで教えて下さいました。ある時、出品するからと数名の子に絵を画いてくるように云われ、私も選ばれました。しかし私はあまり気が進まず面倒《めんどう》くさかったので、空を一杯入れたものを持って行ったら見破られて叱られました。

社会の先生が、いつか裁判所へ行って実際裁判が開かれている所へ行こうと話していらしたが実現しませんでした。

三年生の担任の先生は図形を教えて下さったけれど、基礎が出来ていなかったからか、さっぱり分かりませんでした。

それから英語は二年生の時から能力別の授業が行なわれていました。二年生の時は能力の下のクラスで、一番後ろの席に座り、と云っても机も足らずに、一つの椅子《いす》に二人で腰掛けて、いつも遊んでいました。三年生になった時は少しは真面目に勉強したかな?

理科の先生はすごーく良い先生で、授業が楽しかったです(大学受験の時、物理の方へ進みたいと思ったのもこの先生のおかげかも……)。

家庭科の先生も良い先生で、グループ分けして調理したり、〝ゆかた〟を縫《ぬ》ったりしました。この先生と理科の先生とは結婚なさいました。ある日など帰り道で少し道草して、その先生のお宅へ訪ねて行ったら、すぐ旦那《だんな》様の先生が帰ってこられて、私達はすぐ逃げ帰りました。

私は六年間一緒のクラスだった人で成績も良く、同じクラス（三年の時）でやはり成績が良かった人と仲良くしていた男の人が好きになりました。三人組の一人に冷やかされたりしていましたが、中学を卒業したら私達（一家）は種子島へ転校になったので、別れる事が出来て良かったです。

中学校は少し家から遠かったので私は自転車通学をしていました。自転車も女性用のものを買ってもらいました。冬などは霜が張っていて少し恐かったけれど……。

中学では給食はなかったので、弁当を持って行っていました。弁当のおかずが皆と比べて少なかったので恥ずかしかったです。この頃からウインナーソーセージが売られるようになり、それを薄い輪切りにしてフライパンで焼き目を付けたものとかを持って行っていました。一番好きなおかずは、タマゴをじゃがいもがネタになっている味噌汁の中へ入れてもらい、タマゴが半熟になっているものを、じゃがいもといっしょに弁当につめてもらっているものでした。

家では、両親はたまご焼きを半分位ずつ食べて昼食をすませていたのかなあと思われます（母の作る料理は質素だったし、父はそれにそっていたので）。家と裁判所は近かったので、父は昼食は食べに帰ってきていました。

家では、両親がいつも誕生祝いをしてくれていました。私は食事は茶わん蒸しをお願いし、お菓子は餅菓子にしてもらっていました。

少しいやな話になるけれど、家の方の便所は汲み取り車が来るようになって、有り難かったです。しかし中学校の方では、お金がなかったからか、男の先生方が大きな大きな穴を（校庭の隅に）掘られ、そこの中へ、生徒達が桶に便所に溜《たま》っていたものを汲《く》み入れ、それを二人ずつで棒にかついで運び捨てていました。小学校ではどうしていたのかなあ。

父の仕事は暇《ひま》で、裁判所内でテニスをしたり、弓の練習（俵で作られたものへ向かって）をしたりしていました。弓の大会等が行なわれていたようで、ある日では金的を射止めてきて誇《ほこ》らしげであり、死ぬまで大事に飾ってあったのでお櫃《ひつ》の中へも入れてあげました。

それから、時々警察の方々が夜中に逮捕状をもらいに来られ、私達も目を覚まされたりするのがいやでした。

もう三年生の時だったと思われますが、転勤して来られた検事さんが、より裕福な生活をしていらしたようで、服等もカシミヤを使っていらしたみたいで……、父もそれに刺激されてなのか私の冬の制服をカシミヤで誂《あつら》えてくれました。とても着やすい上等の服でした。

音楽の先生は、私をピアノの発表において壇《だん》上に上げて下さらなかったです。上がってしまうと思われてでしょうか？　合唱の方は二年の時は、体調が弱いから……と練習もしなかったし、もちろんコンクールにも出ませんでした。しかし三年になったら、やはり入れと云われ加わったけれど、声に元気がありませんでした。しかし、前列に並ばされた。そして寒い冬の中、第九回県音楽会に出場しました。先生の方が上がってしまわれて指揮が悪かったようで優秀賞はもらえませんでした。参加賞はもらえたみたいです。翌日は大雪が降り、十センチ位積もりました。スカートで、タイツもはいていませんでしたし、半コートだけ引っ掛けての姿で、旅館でもぶるぶる震《ふる》えていましたのに、駅への道も歩いて行きました。冷たかったでしたが、逆に足はほかほかになり霜腫れにもなりませんでした。

後になってしまいましたけれど、母方のお祖父《じい》さんは、四女が生まれて一ヶ月しか経っていなかった時に亡くなられました。部屋は六帖一間だけだったので、子供達は外で遊んでいました。そこで母方の甥子、姪子達にも生まれて始めて会いました。母より年上の伯母さんは十一人位子供さんを生んでいらしたし、母より年下の叔母さんは四人の子供さんを生んでいらっしゃいました。それで、とてもにぎやかでした。私達は皆眠らなかったよう。母は四女の世話をしながらだったので大変そうでした。土葬にするという事で、おじいさんを樽に入れるのが大変そうだった事を覚えています。

父のお兄さんも、私が中学二年生の時に結核で亡くなられ、私は授業中に裁判所の職員の方が迎えに来られ、家族皆ですぐに鹿児島へ帰りました。病院の方へ行き、父は覆いを捲《めく》り、顔を見て泣いていました。その後、私達兄弟は、父の従姉の方の家へ行き泊まりました。そこで、その方の娘さん（私にとっては又従姉になる人）と視線が合い、ドキッとした事を覚えています。父は一人で頑張って（というのも叔父さんの息子さんも私と同じ年だったので）葬儀一式をやり遂げました。

三年の時、部落会があり（学校で）製材屋のお嬢様を会長に選び、私を副会長にしようとしていました。私が嫌《いや》がったら、本当は会長になりたいのだろうと責められ、とうとう会長にならざるを得ませんでした（私は本当にそういう事が苦手でしたが）。その日は何とか話し合いをまとめられたけれど、次の回の時は何も出来ず、……皆、沈黙したままで時間が過ぎてしまいました。

ある時、テープレコーダーが学校に届いたという事で見に行ったら、幅五十センチ、高さ三十センチ、奥行三十センチ位のもので、テープも幅二十センチ位のものが二つ置いてあるようなもので、びっくりしました。それから時代が過ぎて、

MDさえ出た世の中になりました。

また、テレビを学校でも買うという話が持ち上がり、費用がかかるので、ひまし油になる木の実を生徒へ持ち帰らせ、家で育てさせ、増えた木の実を持ってこさせ、それを売り、費用の一部を負担し、アンテナも高い高い山の上に立てて……というものでした。私は結局見させてもらえませんでしたが。

家の近くの雑貨屋さんの所では電気冷蔵庫があったり電気釜等を買っていらして、うらやましかったです。そこの養女さんはすてきなお姉様でしたが、いっこうに結婚なさらずに、私達の所の四女を可愛がって下さり、四女はそのお店に入り浸っていました。その頃、毛糸の機械編み機が流行し始め、その専門の人の所へ行き、私達子供達はセーター等を誂《あつら》えてもらいました。そのお店の方もその機械を求められ、四女はすてきなワンピースを編んでもらったりしていました。

卒業式をいよいよ迎え、私達家族も岩川に別れる時が近づいていました。それで、又三人組で写真を写したり、それから私は小学五、六年で担任をして下さった先生がやはり一番いい思い出だったので、その先生の所へ行き、サインをしてもらいました。〝大器晩成〟と書いて下さいました。ありがたい文でした。又、その先生へ花瓶《かびん》を差し上げました。

四女はそのお店のお姉さんから、可愛い人形とその人形の服が何着も入っていたものをもらっていました。

高校の入学試験は岩川高校で受けました。その成績で移った先の高校の合格、不合格も決められる事になっていました。

移る先は種子島だったので、私の友達は、そんな離島に行く位なら、私の家に住んでよ……と云ってくれましたが、そのまま別れました。

長い間住んでいたからか、別れの汽車に乗ろうとしていた時、駅が見えなくなる位多くの見送りの人々で埋っていました。

一旦、鹿児島市へ帰り、二泊位してから、僅《わず》かな親戚《しんせき》の人々に見送られて、何年振りかで船に乗り、種子島へと発ちました。転勤時だったからかテープを継《つな》いでいる人々が多かったです。私達もテープを持ってお別れしました。

さあ……。種子島は、皆の心配を一度に消してくれました。何故ならば、島は最高にすてきな所でした。海あり、川あり、密林あり。食べ物もおいしかったです。水イカがおいしかったです。ナガラメもおいしかったです。らっきょう飴もおいしかったです。そして、西之表市は、〝市〟だった。ゆえに、学校のレベルも高かったです。

私達は家から海水浴場は近かったので、水着のまま泳ぎに行けましたし、海水は温かったです。春先には、岩に生えてくる海苔《のり》を集めに行ったし、貝類（大、小のびな）を取りに行きました。又、川も近くを流れており、うなぎがのぼってきていたので、暗くなってから懐《かい》中電灯をもって行って照らすと、うなぎが近よってきました。それを網ですくい持ち帰りました。そしたら父がそのうなぎを捌《さば》いてくれて、焼いてくれて、おいしいうなぎ料理が出来上がりました。

又、密林の入口では、木もあまりなく、少し広めの土地があったのでバドミントンもしました。密林も奥深くまで行くと探検も出来ました。山ぶどう等もあり、よく食べました。

家は市営住宅で、設計ミスからか狭い狭い所でしたが兄弟四人と両親と仲良く生活が出来ました。お風呂はありませんでしたが、近くにお風呂屋さんがあり不自由はありませんでした。ここでも又荷物が入りきれずに、又裁判所の倉庫に預けることになりました。しかし、種子島を去る時には父も断念して、それらの荷物を置き去りにしました。

二年間だけという約束になっていたようでそのようになりましたが、相変わらず勉強はあまりしなくて、遊ぶ方が優先でした。

ただ一つ残念な事は、父が二男を苛《いじ》め出した事でした。二男もだんだん成長してきたからか、母をうばわれる……という思いがしたからか？　母は父が二男をなぐろうとすると両手を広げて間に入り二男を庇《かば》いました。そんな母の姿は女神様のように見えました。

クリスマスのお祝いは岩川に居る頃もしていましたが、種子島では、ある年、小さな二枚貝を布でくるみ、それを家族分作り、衣服にブローチとして付けさせ、プレゼントも四女に大きな袋をかつがせ、赤い服を着せ、私がオルガンを弾くのに合わせて走り回らせ、音が止まったらプレゼントを配るという風にしていました。私は母によこ三十センチ、たて二十センチ、高さ五センチ位のある菓子箱に色紙を張り、すてきな裁縫《さいほう》箱を作ってあげました。貧しい方が、それなりにいろいろ工夫して良かった気がします。それから、寸劇みたいなものを発表し合いました。三女が〝マッチ売りの少女〟を演じたのが一番上手で、皆をびっくりさせていた事も覚えています。

種子島バサミも、作ってもらいました。

島めぐりの観光バスにも乗りました。

三女は、売りに来られた本屋さんから物語風のシリーズ本を買ってもらっていたので、私も読ませてもらっていました。

又、ちょっとした思い出として、種子島高校へ編入した時、転校生がどんなに辛いものか思い知らされ、もうこりごりだと思い暗い気持ちで過ごした一年生でした。

一年の時は、幾何がちんぷん、かんぷんで父にその事を話したら、父が本屋さんへ連れて行き、チャートみたいな参考書を買ってくれました。なおさら難しかったです。しかし、担任の先生が幾何の先生だったので、何とか頑張り一年の終わりの頃には成績も上がって行って一安心でした（もともと私は図形が好きだったので）。二年生では数学が得意になっていたけれど、微積分の先生が好きになり、一番前の席に座っていたのでなおさら先生の授業がまともに受けられず、つらかったです。成績も悪かったかな？

修学旅行は高二の春休みに行なわれていて、私は転校しなければならなかったので行けませんでした。つらかったけれど仕方がありませんでした。

次は鹿屋へ移って行きました。遊べたのもここまでだったので、話も終わりにさせてもらいます。

著者プロフィール

伊集院 淑（いじゅういん よし）

鹿児島県出身、鹿児島県在住。

鹿児島大学教育学部初等科卒業。

同大学理学部数学科卒業。

同大学理学部専攻科（数学専攻）修了。

資格：小学校一級免許・中学校二級免許（数学）・高校一級免許（数学）。

職歴：鹿児島高校にて非常勤として4年間勤務、鹿児島純心女子高校にて正教員として17年間勤務。

既刊：『幼稚園生からでも分かる「やさしい、やさしい」『数学のお話』』（文芸社　2020年10月）

よく遊んだ

2023年9月15日　初版第1刷発行

著　者　伊集院 淑
発行者　瓜谷 綱延
発行所　株式会社文芸社
〒160-0022　東京都新宿区新宿1－10－1
電話　03-5369-3060（代表）
03-5369-2299（販売）

印刷所　株式会社フクイン

ISBN978-4-286-24399-3